# Analyse de l'œuvre

Par Marie-Eve Furnémont

# L'Œuvre au noir

## de Marguerite Yourcenar

lePetitLittéraire.fr

# Rendez-vous sur
# lepetitlitteraire.fr
# et découvrez :

Plus de 1200 analyses
Claires et synthétiques
Téléchargeables en 30 secondes
À imprimer chez soi

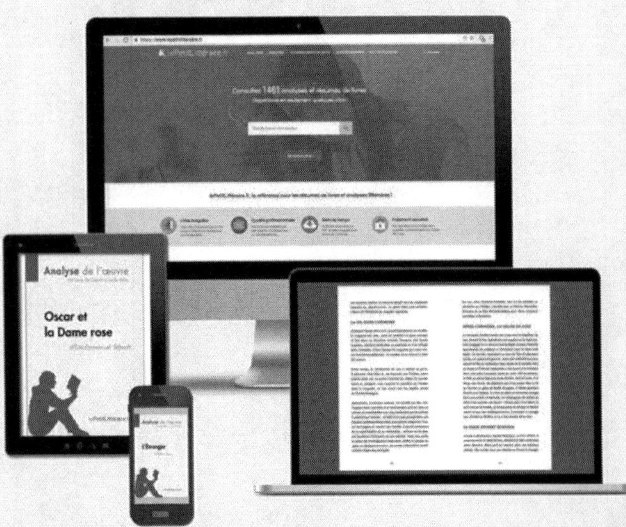

# MARGUERITE YOURCENAR

## ÉCRIVAINE, POÉTESSE, ESSAYISTE ET DRAMATURGE DE NATIONALITÉ FRANÇAISE ET AMÉRICAINE

- **Née en 1903 à Bruxelles**
- **Décédée aux États-Unis en 1987**
- **Quelques-unes de ses œuvres :**
  - *Nouvelles Orientales* (1963), recueil de nouvelles
  - *Mémoires d'Hadrien* (1951), roman
  - *Le Labyrinthe du monde* (1974, 1977, 1988), trilogie

Marguerite Yourcenar est née à Bruxelles en 1903 d'un père français et d'une mère d'origine belge. Son père lui transmet l'amour des voyages et de l'Antiquité. Son œuvre atteste de sa grande érudition et de sa curiosité intellectuelle. *Les Mémoires d'Hadrien*, notamment, la font connaitre dans le monde entier.

Elle est reçue à l'Académie royale de Belgique en 1971 et est la première femme élue à l'Académie française en 1980. Son roman *L'Œuvre au noir* sera récompensé par le prix Femina, décerné à l'unanimité en 1968.

Marguerite Yourcenar meurt en 1987 aux États-Unis où elle s'était installée en 1950.

# L'ŒUVRE AU NOIR

## UN AMBITIEUX ROMAN HISTORIQUE

- **Genre :** roman historique
- **Édition de référence :** *L'Œuvre au noir*, Paris, Gallimard, coll. « Folio », 1991.
- **1ʳᵉ édition :** 1968
- **Thématiques :** la Renaissance, l'alchimie, la liberté, l'Inquisition, l'histoire de la Belgique

Publié en 1968, *L'Œuvre au noir* est un roman historique dont la qualité a été reconnue mondialement. Il a obtenu le prix Femina à l'unanimité.

Il raconte la vie de Zénon Ligre, un Brugeois du XVIᵉ siècle, qui tout au long de son existence cherchera à apprendre et à découvrir la vérité, s'écartant dangereusement des doctrines en vigueur à l'époque. Grand voyageur, Zénon découvre l'alchimie, la médecine, la philosophie au gré de ses déplacements. Il deviendra l'archétype du personnage épris de liberté.

# RÉSUMÉ

## UNE CONSTRUCTION EN TROIS PARTIES

Le roman est composé de trois parties, chacune correspondant à une période de la vie de Zénon : « La Vie errante », « La Vie immobile » et « La Prison ».

Chaque partie du roman est précédée d'une épigraphe en latin (Marguerite Yourcenar était passionnée par l'Antiquité) et de sa traduction en français. Chacune de ces citations fait écho à la vie de Zénon telle qu'elle est racontée dans la partie qu'elle introduit.

- La première partie raconte l'enfance de Zénon et évoque ses nombreux voyages. Curieusement, ceux-ci sont racontés principalement par ouï-dire. Le récit fait en effet une ellipse sur cette période de la vie de Zénon, renforçant ainsi l'aura mystérieuse de ce personnage. Une partie des rumeurs concernant cette vie errante nous sera confirmée ou infirmée dans la suite du récit. Cette partie nous informe également des évènements arrivés aux membres de la famille de Zénon durant son absence et que le héros lui-même ignore.
- La deuxième partie commence par le retour de Zénon, sous un faux nom, à Bruges après plus de 30 ans d'absence. Zénon y restera encore six ans. Ce segment se termine par l'arrestation de Zénon.
- Dans la troisième partie, nous retrouvons Zénon en prison. C'est l'occasion pour lui de faire le point sur sa vie et sur les connaissances qu'il a engrangées.

Le roman est construit comme une boucle. Bien qu'il ait voyagé la majeure partie de sa vie, Zénon revient dans sa ville natale et y mourra. C'est comme si tout le ramenait à Bruges. Il envisage de s'en aller avant son arrestation, mais « il fallait se rappeler qu'après tout il ne serait peut-être jamais inquiété à Bruges » (p. 336). Il décide donc finalement de rester.

## L'AVENTURIER DU SAVOIR

Né en 1510 à Bruges, dans une Flandre dominée par les Habsbourg, Zénon est le fruit d'une union illégitime. Son père, un Italien, est venu à Bruges pour récupérer de l'argent que l'on devait à sa famille. Il loge chez les Ligre et séduit Hilzonde, la mère de Zénon. Ses affaires le rappellent à Rome et il quitte la Flandre sans savoir qu'Hilzonde est enceinte. Il ne lui donnera plus jamais de nouvelles. Hilzonde se détourne de son fils. Quelques années plus tard, elle rencontre Simon Adriansen. Elle l'épouse et part avec lui à Amsterdam. Elle laisse son fils chez son frère, Henri-Juste, un banquier très fortuné.

Le jeune Zénon grandit dans la « rage de savoir ». Il ne rêve, en effet, que d'apprendre. Il fréquente des gens rebelles à l'autorité, ce qui inquiète son oncle. Il s'inscrit à l'école de théologie à Louvain où il acquiert vite une réputation d'intelligence et de fougue. C'est à cette époque qu'il commence à étudier les sciences occultes. Il manifeste aussi une grande liberté d'esprit. En raison de son statut de bâtard, il n'est pas très bien vu des membres de sa famille, mais son statut de clerc compense un peu cette mauvaise réputation.

Zénon profite de ses vacances pour vagabonder et étudier la nature. Un soir, Henri-Juste reçoit la régente des Pays-Bas dans sa maison de campagne de Dranoutre. Des ouvriers interrompent la fête par une manifestation : ils cherchent à obtenir la grâce d'un homme condamné pour avoir détruit des métiers à tisser, jugés responsables du taux important de chômage dans la région. Zénon, qui a conçu ces machines, estime pour sa part que cet homme doit être pendu. Pour calmer tout le monde, le banquier offre à boire. Zénon décide alors de s'enfuir

Il a 20 ans quand il quitte la ville. En route, il rencontre son cousin, Henri-Maximilien qui part, lui aussi, pour devenir un soldat de l'armée française. Zénon, quant à lui, se rend à Saint-Jacques-de-Compostelle pour y rencontrer une personne qui pourra l'initier à l'alchimie. Les routes des deux cousins se séparent ; ils ne se reverront qu'une seule fois, quand Zénon soignera Henri-Maximilien blessé dans une bagarre à Innsbruck. Celui-ci mourra ensuite dans une attaque des troupes de l'empereur.

Pendant ce temps, Simon et Hilzonde qui ont eu une fille, Martha, poursuivent leur existence à Amsterdam. Leur maison est un refuge pour les pauvres. Ils se convertissent à l'anabaptisme (variante chrétienne issue de la Réforme) et décident de vendre tous leurs biens pour se rendre à Münster où ils pourront, pensent-ils, vivre leur foi librement. Simon part pour recouvrer des créances et laisse femme et enfant à Münster. Quelques jours après son départ, les troupes du prince-évêque assiègent la ville, car celui-ci n'accepte pas cette nouvelle croyance. Hilzonde est exécutée. Simon rentre de son voyage et se laisse mourir en apprenant la nouvelle. Martha est confiée à la sœur de Simon, Salomé, qui est mariée au banquier Martin Fugger de Cologne. Martha se lie d'amitié avec sa cousine, Bénédicte, promise à Philibert Ligre, cousin de Zénon et banquier plein d'avenir. Salomé et Bénédicte meurent de la peste quelques années plus tard et c'est Martha qui épouse Philibert.

## LE RETOUR À BRUGES

Zénon, quant à lui, voyage un peu partout en Europe et s'initie à la médecine et à l'alchimie. Il écrit différents ouvrages dont les *Prothéories* censurées par la Sorbonne. Zénon doit alors fuir Paris et rentre à Bruges en adoptant une identité d'emprunt : il sera Sébastien Théus.

En route, Zénon rencontre le prieur des Cordeliers de Bruges qui deviendra son ami. Arrivé à Bruges, il s'installe chez son ami d'enfance, Jean Myers, un chirurgien-barbier. Catherine, la servante de Jean, tombe amoureuse de l'alchimiste et le séduit, mais Zénon met un terme à leur relation. Peu après, Catherine empoisonne Jean Myers, dans l'idée que Zénon hérite de ses biens. Elle accusera plus tard Zénon d'avoir commis ce meurtre. L'alchimiste lègue les biens de Jean Myers à l'hospice de Saint-Cosme, attenant au couvent des Cordeliers, où il établit un dispensaire. Il y exercera comme médecin.

Ce retour à Bruges est aussi l'occasion pour Zénon de faire le point sur sa vie et ses conquêtes amoureuses, tant masculines que féminines. Il s'habitue à la clandestinité et fait tout pour ne pas être reconnu.

À l'époque, les troupes de Philippe II commettent des exactions en Flandre et les tribunaux de l'Inquisition font exécuter tous ceux qui s'opposent aux dogmes de la foi catholique, provoquant une rébellion au sein du peuple. Fidèle à son engagement en tant que médecin, Zénon va soigner un homme en fuite qui a tué un capitaine espagnol, le capitaine Vargaz. Le prieur des Cordeliers est tellement accablé par la situation politique qu'il tombe malade et meurt après des mois de souffrance. De crainte qu'une enquête soit ouverte et qu'il soit reconnu, Zénon décide de quitter Bruges après les funérailles du prieur. Il reviendra finalement sur ses pas.

## LES ANGES

Au dispensaire, un jeune frère infirmier nommé Cyprien vient assister Zénon. Il est doué pour soigner les malades, mais c'est un paysan superstitieux. Zénon ignore encore que c'est ce jeune homme qui le perdra. Un jour, le jeune moine lui parle de rencontres nocturnes entre ceux qu'il appelle les « Anges », un groupe constitué de lui-même, d'autres moines, d'une jeune noble, Idelette de Loos, et de sa servante. Ces rencontres sont l'occasion de jeux sexuels entre eux. À cette époque où toute hérésie est fortement réprimée, ces rencontres sont dangereuses. Zénon tente de mettre Cyprien en garde, mais en vain. Quelques mois plus tard, Zénon apprend qu'Idelette est enceinte des œuvres de Cyprien. Il envisage dès lors de se rendre en Allemagne où ses *Prothéories* rencontrent un certain succès. Il n'en aura pas le temps. En effet, Idelette accouche prématurément et tue le nouveau-né. Arrêtée, elle avoue tout. Cyprien et les autres moines sont également incarcérés. Sous la torture,

Cyprien accuse Zénon d'avoir participé aux cérémonies des Anges. Zénon se livre sans résistance et révèle sa véritable identité.

## LA FIN D'UNE VIE

Zénon est incarcéré à la prison de Bruges en attente de son procès. Il est accusé, entre autres, d'hérésie, d'athéisme, de sodomie et de pratiques magiques. Idelette est décapitée. Cyprien et les autres moines périssent sur le bucher. Durant le procès, Catherine vient témoigner à la barre et impute le meurtre de Jean Myers à Zénon. Il est également accusé d'avoir soigné l'assassin du capitaine Vargaz.

Le chanoine Bartholomé Campanus, un parent de Zénon qui l'a formé à la théologie, va demander de l'aide à Philibert et Martha Ligre qui refusent, de peur d'être compromis. Campanus rend visite à Zénon en prison. Il se reproche d'avoir fait germer en Zénon son esprit libre. Il exhorte celui-ci à se rétracter afin d'éviter son exécution, mais Zénon refuse de mentir. Pour éviter d'être brulé vif, le prisonnier se suicide dans sa cellule, restant ainsi, jusqu'au bout, un homme libre de ses choix.

# ÉTUDE DES PERSONNAGES

## ZÉNON

Au début de *L'Œuvre au noir*, Zénon est un beau garçon, grand et maigre. Il a alors 20 ans. Malgré sa beauté, Zénon fait peur. En effet, sa voix coupante est effrayante et « le feu de ses prunelles sombres fascinait et déplaisait tout ensemble » (p. 38). Zénon, en vieillissant, conservera sa maigreur, mais perdra son éclat.

Le héros est décrit comme un « aventurier du savoir » (p. 18). À l'université de Louvain où il étudie la théologie, sa réputation d'intelligence n'est plus à faire. Il abandonnera cette formation pour partir sur les routes afin d'apprendre la médecine et de s'initier à l'alchimie. En effet, il étouffe dans cette Flandre où règnent « l'ignorance, la peur, l'ineptie et la superstition verbale » (p. 70). En véritable humaniste, il choisit la culture, et cherchera toute sa vie la vérité et la liberté. Il peut dès lors s'emporter violemment contre la bêtise et la superstition des gens qui l'entourent, bien qu'en vieillissant, il se montre plus tolérant.

Son principal sujet d'étude est le corps. Il n'hésite pas à rédiger sur ce sujet des ouvrages scientifiques qui s'opposent aux dogmes en vigueur à l'époque. En tant que médecin, il soigne ses patients avec une grande compétence :

> « La complète absence d'ambition ou de crainte lui permettait d'appliquer plus librement ses méthodes, et presque toujours avec de bons résultats : cette application totale excluait même la pitié. » (p. 239)

Au niveau sentimental, Zénon préconise « le libre jeu des sens et traite sans mépris des plaisirs charnels » (p. 375). Il est attiré par les hommes, mais il aura aussi des relations sexuelles avec les femmes, même s'il montre vis-à-vis de celles-ci beaucoup de distance.

## HILZONDE ET SIMON ADRIANSEN

Hilzonde est la sœur cadette d'Henri-Juste et la mère de Zénon. C'est une jeune fille mince, toujours bien vêtue. Ses yeux sont gris. Son corps est « propre et blanc comme une amande mondée » (p. 24). Elle est très désirable.

Elle tombe amoureuse de Messer Alberico, un noble florentin, qui la séduit et la met enceinte avant de repartir en Italie. Hilzonde le laisse s'en aller sans lui révéler son état. Elle l'aime trop pour faire obstacle à ses ambitions. Elle craint également d'être traitée de menteuse. Lorsque son amant, mis au courant de la naissance de l'enfant, ne donne pas de nouvelles, Hilzonde choisit de croire qu'il n'en a pas été informé.

Hilzonde délaisse son fils, pour lequel elle ne semble éprouver aucun amour et dont la présence accroit sa tristesse. Son frère cherche à la marier, mais Hilzonde reste enfermée dans le souvenir de l'homme qu'elle a aimé et dans la honte de son acte, jusqu'à sa rencontre avec Simon Adriansen, un homme riche plus âgé. Il lui fait une cour discrète pendant plusieurs mois et fait preuve de beaucoup de tolérance face à la « faute » d'Hilzonde. Il finit par la demander en mariage. Sensible à sa « tranquille bonté » (p. 31), Hilzonde accepte.

Après avoir perdu plusieurs enfants, le couple aura une fille, Martha. Auprès de Simon, Hilzonde apprend à se résigner, car celui-ci voit dans tous les évènements la volonté de Dieu. Après la naissance de Martha, Simon et Hilzonde cohabitent « dans un esprit fraternel » (p. 82) et reçoivent les pauvres dans leur maison. Simon est homme très tolérant et profondément généreux.

Le couple Adriansen décide de suivre Jan Matthyjs, un prêcheur néerlandais, qui fonde à Münster une théocratie anabaptiste. Il y déclare, entre autres, la communauté des biens et la polygamie, ce qui lui permettra d'entretenir des relations sexuelles avec Hilzonde qui ne lui oppose aucune résistance. Après l'assaut de la ville, Hilzonde s'attend à être exécutée. Elle revêt sa plus belle robe et suit les soldats sans résistance. Ceux-ci lui tranchent la gorge.

## HENRI-MAXIMILIEN LIGRE

Henri-Maximilien est le fils d'Henri-Juste et de Jacqueline, le frère de Philibert et le cousin de Zénon. À 16 ans, il décide d'abandonner son avenir tout tracé de fils de marchand pour s'engager dans l'armée du roi de France. Il est présenté comme « un aventurier » (p. 18). En effet, il voyagera toute sa vie au gré des déplacements de son armée jusqu'à sa mort. Il ne retournera qu'une fois dans sa famille, mais il refuse « les petites querelles, les intrigues, les fades compromis sous les fronts de ces gens-là » (p. 171) et retourne sans regret à la vie militaire.

Maximilien est un épicurien : il aime les femmes – auxquelles il dédie la plupart des poèmes qu'il écrit – et le bon vin. Il est aussi très attaché à sa liberté et s'il regrette parfois de ne pas avoir eu d'enfants, il sait que c'est sans doute mieux ainsi.

## MARTHA ADRIANSEN ET PHILIBERT LIGRE

Martha est la fille de Simon Adriansen et de Hilzonde ainsi que la demi-sœur de Zénon. Elle est aussi l'épouse de Philibert. Elle refusera de secourir Zénon quand elle en aura l'occasion de peur de se compromettre. En effet, elle a honte de sa famille et de ce frère illégitime. C'est une femme maussade et peu séduisante. Elle a eu un fils avec Philibert. Elle a été pour lui une mère juste, mais n'a rien pu faire contre l'insolence de ce garçon qui n'aime pas sa mère.

Philibert est le fils d'Henri-Juste et le cousin de Zénon. Il reprend avec succès les affaires de son père qui voit en lui un « fils selon son cœur » (p. 111), contrairement à Henri-Maximilien. Il est gras, rustique et possède de petits yeux gris qui luisent « dans la fente de ses paupières toujours mi-closes » (p. 112). Il est présenté comme quelqu'un de prudent et glacé. Henri-Juste l'envoie chez les Fugger parfaire sa formation de banquier. Il épouse Martha et continue à s'enrichir notamment grâce à l'aide des Espagnols. Il trompe parfois sa femme (il aura un fils illégitime), mais ce n'est pas un homme passionné.

## JEAN MYERS ET CATHERINE

Jean Myers est un ami de Zénon. C'est un barbier que l'on soupçonne de disséquer les morts. Avec le temps, il devient de « plus en plus chirurgien et de moins en moins barbier » (p. 78). Avant de quitter Bruges, Zénon se rend chez Jean Myers, qui l'encourage à suivre des études de médecine, et y cache ses cahiers. Lorsque Zénon retourne à Bruges, il est la première personne qu'il va voir. Zénon le trouve vieilli, mais il est toujours celui qui n'hésite pas à se moquer du clergé et des dogmes. Zénon s'installe chez lui. Catherine, sa servante, est une « grande femme maussade » (p. 193) qui, amoureuse de Zénon, veut voir celui-ci hériter de son maitre. Elle n'hésitera donc pas à empoisonner Jean Myers.

## LE PRIEUR DES CORDELIERS

Jean-Louis de Berlaimont est le prieur du couvent des Cordeliers de Bruges. Il est veuf et il a un fils qui est à la guerre. Il deviendra un grand un ami de Zénon. Il est très instruit et très ouvert pour l'époque. Il s'intéresse à la politique et critique la domination espagnole de la Belgique et les tribunaux de l'Inquisition. Accablé par la dégradation de la situation politique (beaucoup d'opposants à la politique de Philippe II sont exécutés), il tombe malade. Il souffre d'un enrouement chronique et il ne cesse de maigrir alors qu'il était un homme robuste. Il affronte la maladie avec beaucoup de courage. Avant sa mort, il appelle Zénon par son vrai prénom. L'alchimiste comprend alors que celui-ci a toujours su qui se cachait sous l'identité de Sébastien Théus.

## CYPRIEN

Cyprien est un jeune moine de 18 ans au moment où il fait son entrée dans la vie de Zénon. Il a pris l'habit à l'âge de

14 ans. C'est quelqu'un d'ingénu et de peu cultivé, qui ne parle que le patois de son village. Par conséquent, il est sensible aux superstitions et n'aura pas conscience du risque auquel il s'expose en entretenant des relations sexuelles avec Idelette. Cependant, ce jeune homme est très doué pour poser des actes médicaux et se révèle d'une grande aide au dispensaire pour Zénon. Il est en outre très gentil et fort apprécié des malades.

# CLÉS DE LECTURE

## EN TOILE DE FOND : LA RENAISSANCE

Zénon est né en 1510, c'est-à-dire en pleine Renaissance, cette période historique située entre le Moyen Âge et les Temps modernes, qui a vu survenir un certain nombre d'évolutions dans les domaines intellectuel, politique, économique et social. Le roman évoque, par exemple, les grandes avancées effectuées dans le domaine médical par Andréas Vésalius (anatomiste et médecin flamand, 1514 ou 1515-1564). En effet, Zénon possède un exemplaire d'un de ses traités d'anatomie. C'est également l'époque des grandes découvertes réalisées par les navigateurs européens qui se lancent à la conquête du monde. Ainsi, Zénon est intéressé par l'étude d'un plant de tomate, « rareté botanique issue d'une bouture qu'il avait à grand-peine obtenue d'un spécimen unique apporté du Nouveau-Monde. » (p. 245).

C'est à la Renaissance que nait l'humanisme, un « mouvement intellectuel qui s'épanouit surtout dans l'Europe du XVI<sup>e</sup> siècle et qui tire ses méthodes et sa philosophie de l'étude des textes antiques » (Larousse). Ainsi, le narrateur cite, parmi les lectures d'Henri-Maximilien, celle de Martial, célèbre poète latin (v. 40 apr. J.-C.-v. 104), et de Plutarque, éminent philosophe romain (v. 50 apr. J.-C.-v. 125). Zénon, lui, affine ses réflexions sur le rêve au contact de la philosophie platonicienne (p. 383) et consulte de « précieux manuscrits de médecins et d'astronomes grecs » (p. 224).

Les humanistes souhaitent remettre l'Homme au centre des

préoccupations du temps. Zénon projette ainsi d'écrire un livre dans lequel il aurait « minutieusement consigné tout ce qu'il savait d'un homme, qui était soi-même, sa complexion, son comportement, ses actes avoués ou secrets, fortuits ou voulus, ses pensées et aussi ses songes » (p. 244).

## L'ALCHIMIE

Les références à l'alchimie sont omniprésentes dans cette œuvre. L'alchimie est une pratique de recherche ancestrale dont le but principal est la composition d'élixirs de longue vie et de la panacée universelle, ainsi que la découverte de la pierre philosophale en vue de la transformation des métaux simples en métaux précieux.

Le titre, tout d'abord, « désigne dans les traités alchimiques la phase de séparation et de dissolution de la substance qui était, dit-on, la part la plus difficile du Grand Œuvre » (p. 501). L'expression « Grand Œuvre » désigne la transmutation des métaux en or. Les deux autres parties sont l'Œuvre au blanc, c'est-à-dire la purification des métaux, et l'Œuvre au rouge, la dernière étape, qui est caractérisée par la victoire commune de l'esprit et des sens.

Zénon s'initie à l'alchimie durant son passage à l'université de théologie de Louvain, en lisant les œuvres de Nicolas Flamel (alchimiste légendaire) et à l'occasion de ses nombreux voyages. Le héros admet toutefois qu'il ne fait pas de l'or, mais il est convaincu qu'un jour, d'autres en feront.

Il semblerait donc que ces références à l'alchimie soient plutôt symboliques et désignent des expériences de l'esprit lui permettant de se purifier, projet que Zénon poursuit à travers ses voyages. Selon l'auteure, l'Œuvre au noir est une période de dissolution de tous nos principes à laquelle Zénon consacre toute la première partie de sa vie. Il atteindra même l'Œuvre au blanc, en se mettant à soigner des malades, lui qui, avant, ne faisait pas grand cas des autres. Et il parviendra aussi à l'Œuvre au rouge au moment de sa mort.

Durant son procès, Zénon est accusé de pratiques magiques. Le héros se défend en expliquant que pour lui la magie est partout dans la nature, mais aussi dans le cœur des hommes.

## L'ÉLOGE DE LA LIBERTÉ

« Qui serait assez insensé pour mourir sans avoir fait au moins le tour de sa prison ? » (p. 18), dit Zénon à son cousin. Cette phrase est représentative de la personnalité de Zénon. En effet, toute sa vie, il cherchera à rester libre et à s'émanciper des voies toutes tracées. Plusieurs éléments nous le démontrent :

- durant son adolescence, il fréquente des ouvriers parce que leur monde est « plus libre que le sien » (p. 37) ;
- il admire les auteurs antiques pour leur liberté de penser et de mener les expériences charnelles qu'ils souhaitaient ;
- il voyage énormément et restera un homme sans attache ;
- il expérimente des formes de sexualité réprimées à l'époque ;

- il comprend, au moment de son procès, qu'il devient un bouc émissaire parce que « chacun, un jour, secrètement ou parfois même à son insu, avait souhaité sortir du cercle où il mourrait enfermé » (p. 375) ;
- ses écrits défient la morale de l'époque ;
- son suicide en prison est aussi le choix d'un homme libre.

Mais la quête de liberté n'est pas l'apanage de Zénon :

- Henri-Maximilien est lui aussi un personnage libre et sans attache. Il quitte une situation confortable et un avenir tout tracé pour s'engager dans l'armée et courir les routes. Il dira : « On n'est bien que libre, et cacher ses opinions est encore plus gênant que de couvrir sa peau » (p. 140) ;
- le prieur des Cordeliers regrette les atteintes aux « libertés civiques » (p. 250) régulièrement commises en Flandre par les troupes du roi Philippe II et déplore les condamnations à mort prononcées par le tribunal de l'Inquisition à l'encontre des personnes jugées hérétiques ;
- des personnages secondaires s'opposent aussi aux troupes du roi espagnol et le payeront de leur vie ;
- Simon Adriansen et Hilzonde veulent vivre leur foi comme ils le souhaitent. Mais l'époque dans laquelle ils vivent restreint les libertés de conviction et les époux en mourront.

## QUELQUES QUESTIONS POUR APPROFONDIR SA RÉFLEXION...

- Quelle est l'origine du prénom « Zénon » ? Quels liens pouvez faire entre celle-ci et la personnalité du héros ?
- Quels parallélismes observez-vous entre Marguerite Yourcenar et Zénon, son personnage ?
- Connaissez-vous d'autres romans prenant la Flandre et Bruges pour décor ? Comment la ville est-elle présentée ici ?
- Quels points communs et différences peut-on relever entre Maximilien et son cousin Zénon ?
- Pourquoi peut-on dire que Zénon est véritablement un homme de la Renaissance, un vrai humaniste ?
- Pourquoi le deuxième chapitre s'intitule-t-il « Les enfances de Zénon » ? Pourquoi Marguerite Yourcenar emploie-t-elle le pluriel selon vous ?
- Durant son existence, Zénon a côtoyé plusieurs femmes qui l'ont aimé sans être aimées en retour. Quels points communs possèdent-elles ?
- Selon vous, comment peut-on expliquer l'énorme succès rencontré par cet ouvrage qui est aujourd'hui considéré comme un classique de la littérature ?
- Quelles informations sur l'histoire de la médecine le roman nous livre-t-il ?
- La critique a parfois reproché à Marguerite Yourcenar un style assez froid. Que peut selon vous apporter ce style au lecteur qui lira *L'Œuvre au noir* avant tout comme un roman historique ?

*Votre avis nous intéresse !*
*Laissez un commentaire sur le site de votre librairie en ligne*
*et partagez vos coups de cœur sur les réseaux sociaux !*

# POUR ALLER PLUS LOIN

## ÉDITION DE RÉFÉRENCE

- YOURCENAR M., *L'Œuvre au noir*, Paris, Gallimard, coll. « Folio », 1991. Cette édition présente des notes de l'auteur sur la genèse du roman.

## ÉTUDES DE RÉFÉRENCE

- JULIEN A.-Y., *Commentaires sur « L'Œuvre au Noir » de Marguerite Yourcenar*, Paris, Gallimard, coll. « Foliothèque » n° 26, 1993.
- « Marguerite Yourcenar », in *Larousse*, consulté le 28 juin 2016, http://www.larousse.fr/encyclopedie/personnage/Marguerite_de_Crayencour_dite_Marguerite_Yourcenar/150367.
- Société internationale d'études yourcenariennes, www.yourcenariana.org.

## ADAPTATION

- Le roman a été adapté au cinéma par le Belge André Delvaux en 1988, avec Gian Maria Volonte dans le rôle de Zénon. Le film est une adaptation fidèle du roman.

**MALRAUX**
- La Condition humaine

**MARIVAUX**
- La Double Inconstance
- Le Jeu de l'amour et du hasard

**MARTINEZ**
- Du domaine des murmures

**MAUPASSANT**
- Boule de suif
- Le Horla
- Une vie

**MAURIAC**
- Le Nœud de vipères

**MAURIAC**
- Le Sagouin

**MÉRIMÉE**
- Tamango
- Colomba

**MERLE**
- La mort est mon métier

**MOLIÈRE**
- Le Misanthrope
- L'Avare
- Le Bourgeois gentilhomme

**MONTAIGNE**
- Essais

**MORPURGO**
- Le Roi Arthur

**MUSSET**
- Lorenzaccio

**MUSSO**
- Que serais-je sans toi ?

**NOTHOMB**
- Stupeur et Tremblements

**ORWELL**
- La Ferme des animaux
- 1984

**PAGNOL**
- La Gloire de mon père

**PANCOL**
- Les Yeux jaunes des crocodiles

**PASCAL**
- Pensées

**PENNAC**
- Au bonheur des ogres

**POE**
- La Chute de la maison Usher

**PROUST**
- Du côté de chez Swann

**QUENEAU**
- Zazie dans le métro

**QUIGNARD**
- Tous les matins du monde

**RABELAIS**
- Gargantua

**RACINE**
- Andromaque
- Britannicus
- Phèdre

**ROUSSEAU**
- Confessions

**ROSTAND**
- Cyrano de Bergerac

**ROWLING**
- Harry Potter à l'école des sorciers

**SAINT-EXUPÉRY**
- Le Petit Prince
- Vol de nuit

**SARTRE**
- Huis clos
- La Nausée
- Les Mouches

**SCHLINK**
- Le Liseur

**SCHMITT**
- La Part de l'autre
- Oscar et la
  Dame rose

**SEPULVEDA**
- Le Vieux qui
  lisait des romans
  d'amour

**SHAKESPEARE**
- Roméo et Juliette

**SIMENON**
- Le Chien jaune

**STEEMAN**
- L'Assassin
  habite au 21

**STEINBECK**
- Des souris et
  des hommes

**STENDHAL**
- Le Rouge et
  le Noir

**STEVENSON**
- L'Île au trésor

**SÜSKIND**
- Le Parfum

**TOLSTOÏ**
- Anna Karénine

**TOURNIER**
- Vendredi ou
  la Vie sauvage

**TOUSSAINT**
- Fuir

**UHLMAN**
- L'Ami retrouvé

**VERNE**
- Le Tour
  du monde
  en 80 jours
- Vingt mille
  lieues sous
  les mers
- Voyage au
  centre de
  la terre

**VIAN**
- L'Écume des jours

**VOLTAIRE**
- Candide

**WELLS**
- La Guerre des
  mondes

**YOURCENAR**
- Mémoires
  d'Hadrien

**ZOLA**
- Au bonheur
  des dames
- L'Assommoir
- Germinal

**ZWEIG**
- Le Joueur
  d'échecs

ISBN version numérique : 978-2-8062-9374-9
ISBN version papier : 978-2-8062-9375-6
Dépôt légal : D/2017/12603/66

Conception numérique : Primento,
le partenaire numérique des éditeurs.

Made in the USA
Monee, IL
07 July 2026